또리의 꿈

또리의 꿈

원동민 지음

: 우리의 꿈은, 서로의 곁에 있는 것

멀리깊이

안녕하세요. 저는 또리예요.
제 이름은 엄마 아빠가 지어줬어요.

엄마 아빠를 만나기 전에
저는 늘 혼자 있었어요.

언제나 비켜 있어야 했고,

묶여 있어야 했고,

갇혀 있어야만 했지요.

하지만 이제는 매일매일 저의 이름을 부르는
엄마 아빠가 있어요.

따리야~

딸기야~

이제 저는 이름을 가진 존재가 되었고.

편안한 집에 살고 있어요.

그리고

꿈이 생겼답니다.

1장. 가족이라는 꿈

우리 강아지 키울까?
강아지 키우면 좋겠어.

아니~ 개 키우는 일이
보통 일이 아니잖아.
나중에 생각해보자.

아빠는 처음에
'내가 생명을 키우는 일을 감당할 수 있을까?'
걱정했대요.

우리
얘 데려올까?

엄마가 처음 저의 모습을 보여줬을 때에도

두려웠다고 하더라고요.

하지만 어쩐 일인지
쉬지 않고 제가 떠올랐대요.

안녕하세요.
문의주셔서 감사합니다.

임보와 입양 중 어떤 문의일까요?

626번 입양 생각하고 있습니다.

이번에 화성 번식장에서
구조한 아이들이 48마리가
올라와 있는 상황이라
정말 문의가 많거든요.

2~3개월 된
인형 같은
꼬물이들이 많이 있는데도
626번을 입양하시려는
이유가 있을까요?

우리 사진도   세상 인자한
보내야 하네?   표정을 찾아보자.

엄마 아빠는 결국 입양을 결심했지요.

입양센터에서는 매우 꼼꼼하게 심사를 했고,

어릴 때 키웠던 강아지랑

느낌이 비슷해서인지
괜히 마음이 가네요.

직접 보신 후에
취소하시는 분들도 많습니다.
신중하게 판단하실 수 있도록
면회 예약을 잡아드릴게요.
언제가 괜찮으실까요?

주말 아무 때나
괜찮습니다.

아빠는 그렇게 철저하게 확인하는 모습이 오히려 감사하게 느껴졌대요.

하지만 딱 한 가지,
마음에 걸리는 것이 있었는데

바로 제가
쉴 새 없이 마킹하던 모습이었대요.

직장동료

꼬질이*는
어떻게 됐어요?

또또는 암컷이지?

또또 수컷이에요.

음... 입양 못하겠다고 했어.
자꾸 생각나긴 하는데...
내가 수컷 습성을 너무 몰랐더라고.
보러 나오자마자 마킹을
쉬지 않고 해서.

아, 진짜? 마킹은?
집에선 안 해?

＊ 꼬질이는 또리라는 이름을 짓기 전 애칭이다.

마킹하죠~
새로운 물건 발견하면
무조건이라고 생각해야 하고,
이모네 가면 그렇게
커튼에다 마킹을 해요.

벽지에 하면?

음… 뭐…
하는 거죠?

훈련을 시켜서 못하게 한다거나
'다행히 잘 안 하는 아이예요~' 같은 답이 아니라
그 정도는 당연하다는 반응에 정신이 번쩍 들었다.

그래, 한 생명을 가족으로 받아들이는 건데,
인형이 아닌 바에야 마킹까지
인정해주면 되는 거였어!
까짓 오줌 따위!

회사 팀원네 강아지가
수컷인데 마킹 정도는
대수롭지 않게 생각하네~

엉, 우리 회사 직원도
수컷 키우는데
마킹을 별일 아니게
얘기하더라고.

우리가 생소해서
너무 크게 받아들인 듯~

데려올 수 있는지
다시 연락해볼게.
자꾸 생각나서 안 되겠어.

고민해 봤자, 시간만 갈 것 같고
일단 데려온 상태에서
하나씩 적응하며 맞추자.

그래, 뭐 막말로
우리 집에 망가지면 안 될
비~싼 물건이 있는 것도 아니잖아?

안녕하세요. 혹시 전에 문의드린 626번 입양 가능할까요? 번복해서 죄송합니다.

마킹 문제를 포함해서 긍정적인 결정을 내리셨다고 생각하면 될까요?

다시 고민해주셔서 고맙습니다.
면회 후 입양을 포기하신 이유를 알 수 있을까요?

훈련을 시켜서 고쳐지지 않는다고 해도 저희가 감수해야 한다고 결론을 내렸습니다.

저희가 수컷의 특성을 생각하지 못했는데 면회 때 아이가 여러 번 마킹하는 모습을 보고 감당할 수 있을까 고민할 시간이 필요했습니다.

네, 그럼 마킹까지도 감내하시기로 결심하셨다고 생각하고 입양 절차 진행하겠습니다.

답변을 빨리 드려야 할 텐데 고민이 길어지니 저희가 아직 준비가 안 된 상태라는 생각에 포기했는데, 계속 생각이 나서 안 되겠더라고요. 고민 끝에 모두 안고 갈 수 있겠다는 판단이 들었습니다.

네, 감사합니다.

안 그래도 아이에 대한 어떤 문의도 없어서 난감한 상황이었습니다. 관심이 모두 화성번식장 구조견들에 몰려 있어 더욱 외면받던 상황이었습니다.
바로 입양 절차 안내드리겠습니다.

그렇게 저는 엄마 아빠와 가족이 되었어요.

짜잔

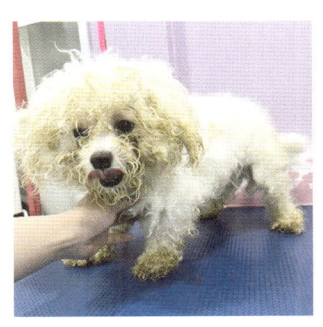 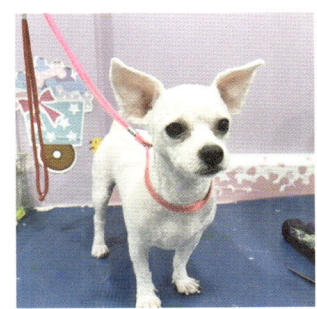

푸들인 줄 알았는데   누구냐, 넌!

2장. 서로의 옆자리라는 기적

저는 엄마 아빠가 언제나 궁금해요.

왠지 들키기는 싫지만요.

아빠가 일을 하고 있을 때나

쉬고 있을 때

아빠 옆에는 항상 내가 있으면 좋겠어요.

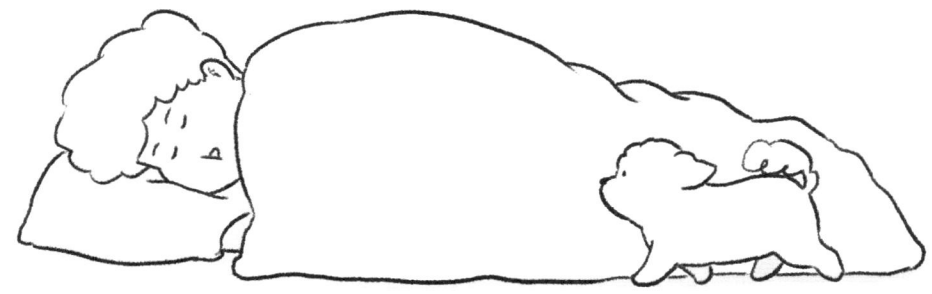

잠든 아빠의 품은

정말 큰 둥지 같아요.

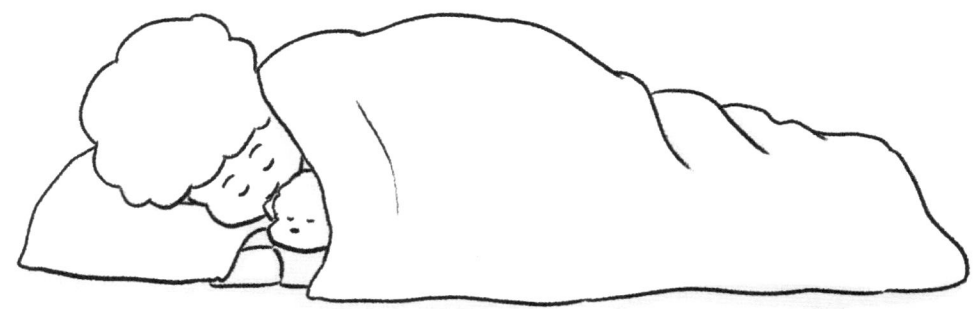

그런데도 아빠는 절 안고 있을 때

제게 안기는 기분이 든대요.

바스락

이제 엄마에게 가볼까나?

쳇. 가라, 가~

제가 너무 작아서

아빠 눈에 보이지 않을 때가 많아요.

항상 노심초사하는 아빠는

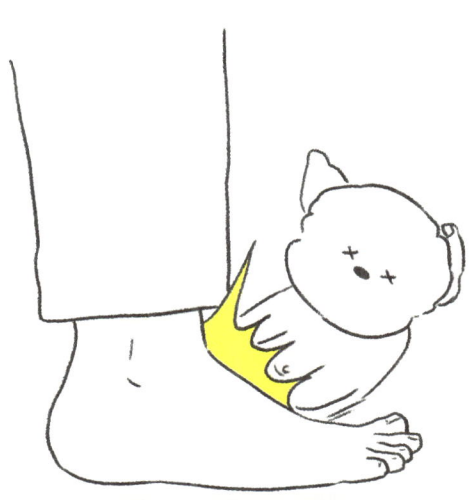

미안해할 때마저도
저를 사랑해준답니다.

아빠는 항상 나를 쓰다듬어줘요.

그 모든 순간이 나를 얼마나 안심하게 만드는지
아빠는 알까요?

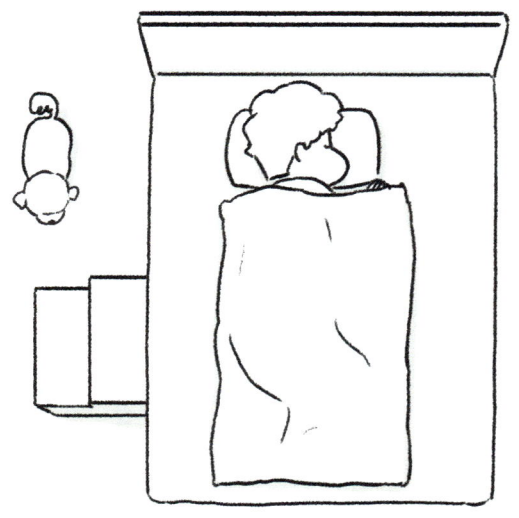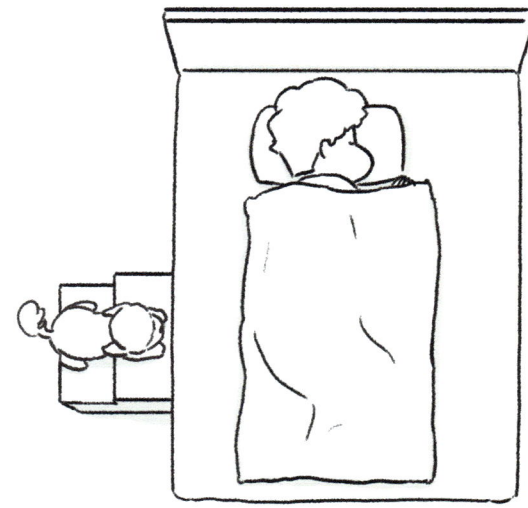

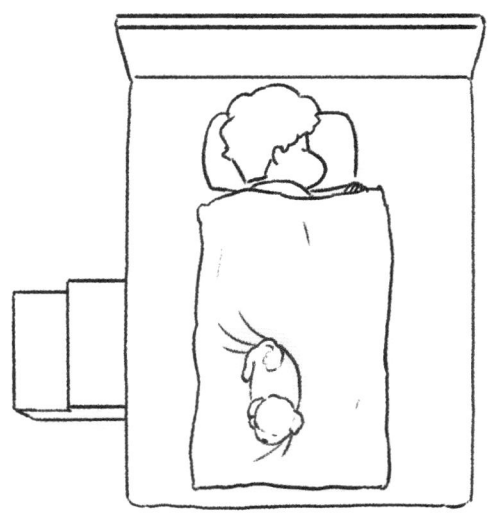

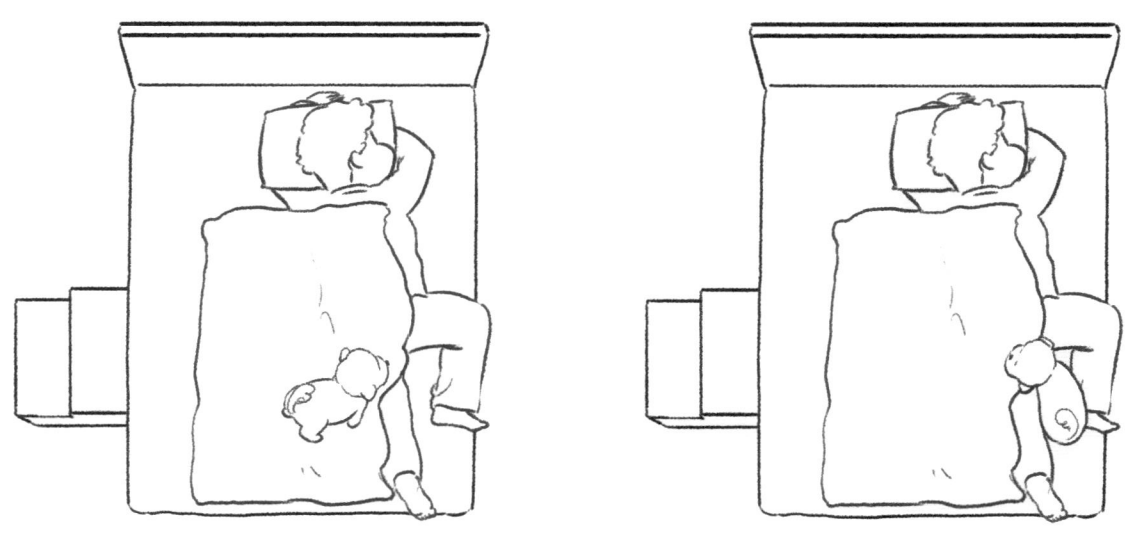

불편한데 따뜻해

제 꿈은요.

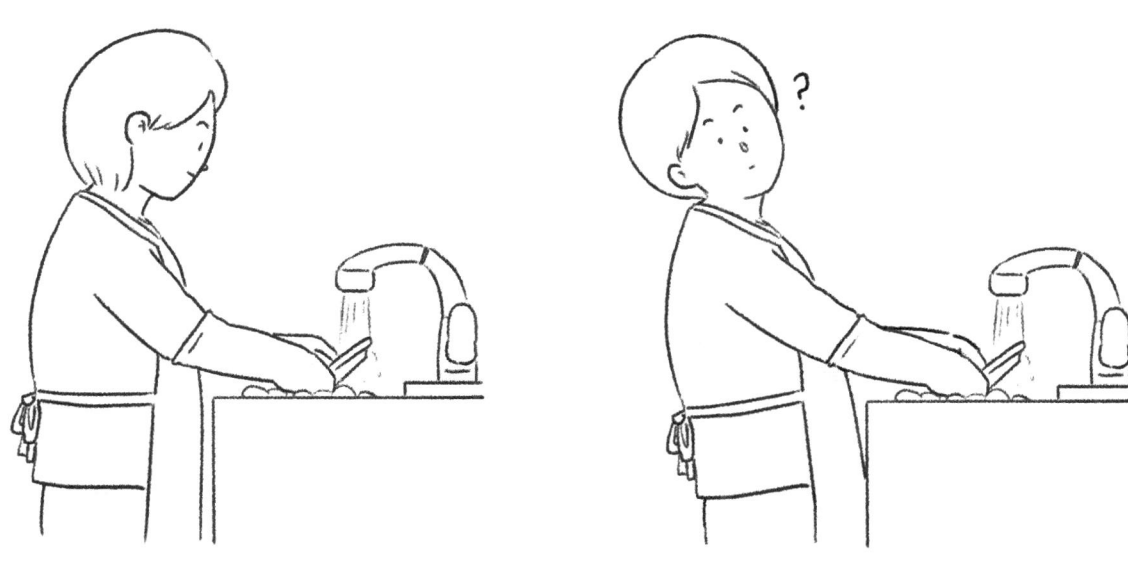

엄마가 날 찾을 때마다

항상 거기 있는 거예요.

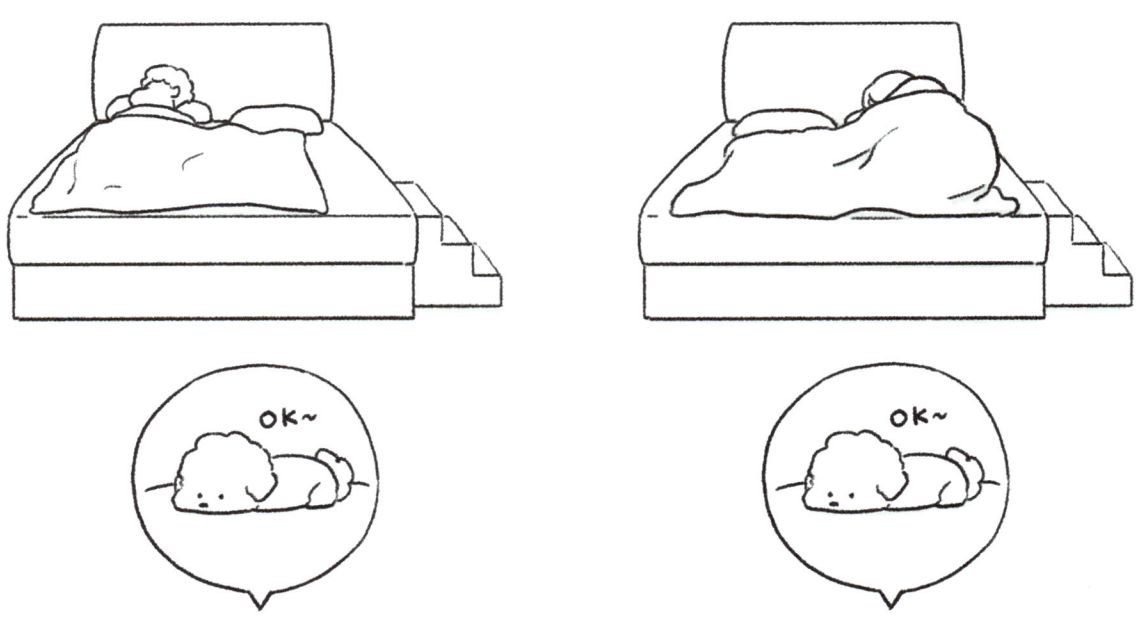

아빠가 혼자 있는 것도 괜찮고　　　　　　　엄마가 혼자 있는 것도 괜찮지만

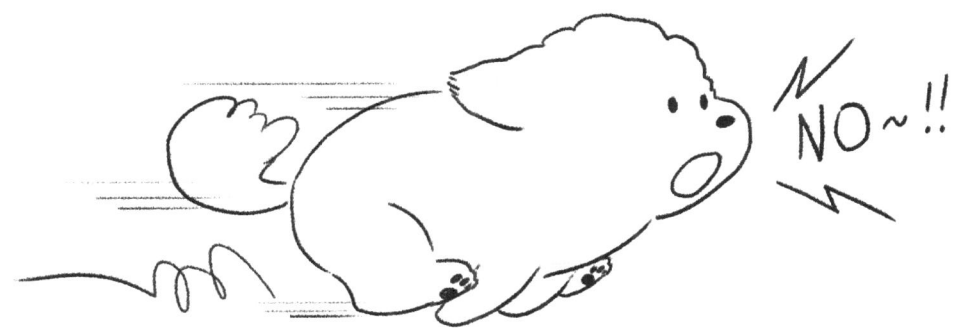

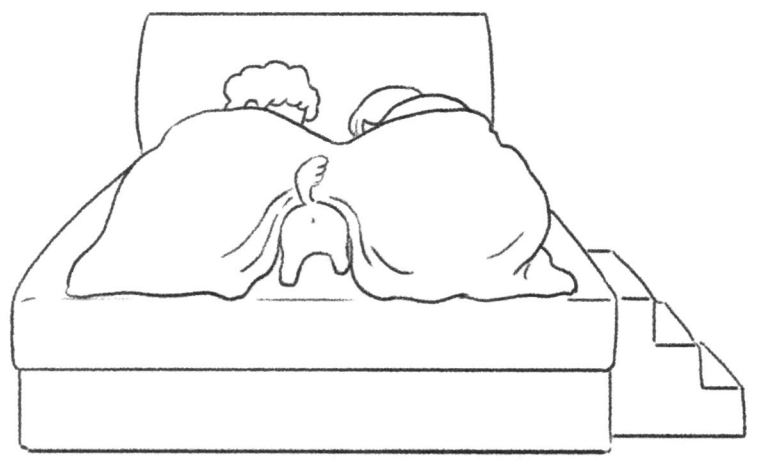

저만 혼자 있기는 싫어요.

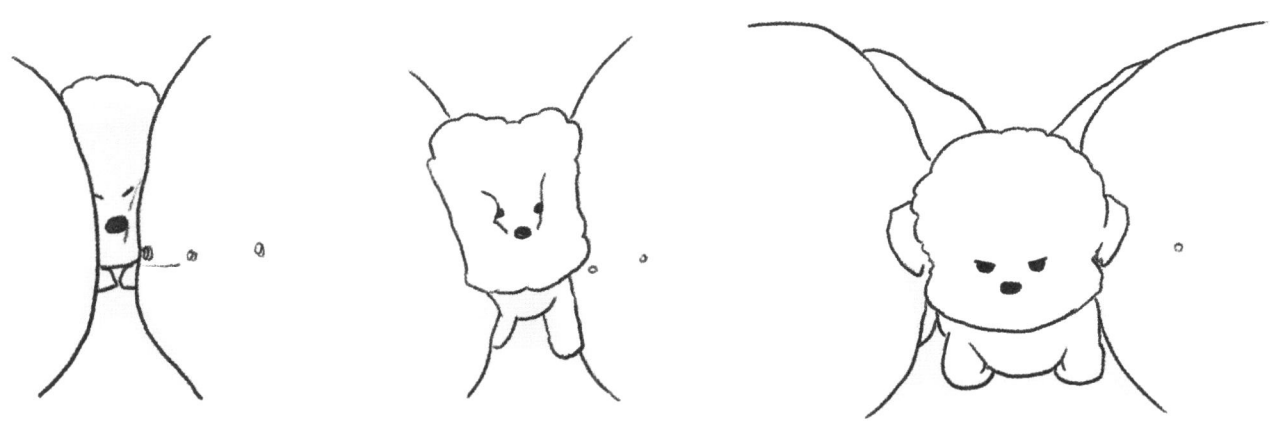

저를 떼놓을 순 없다고요.

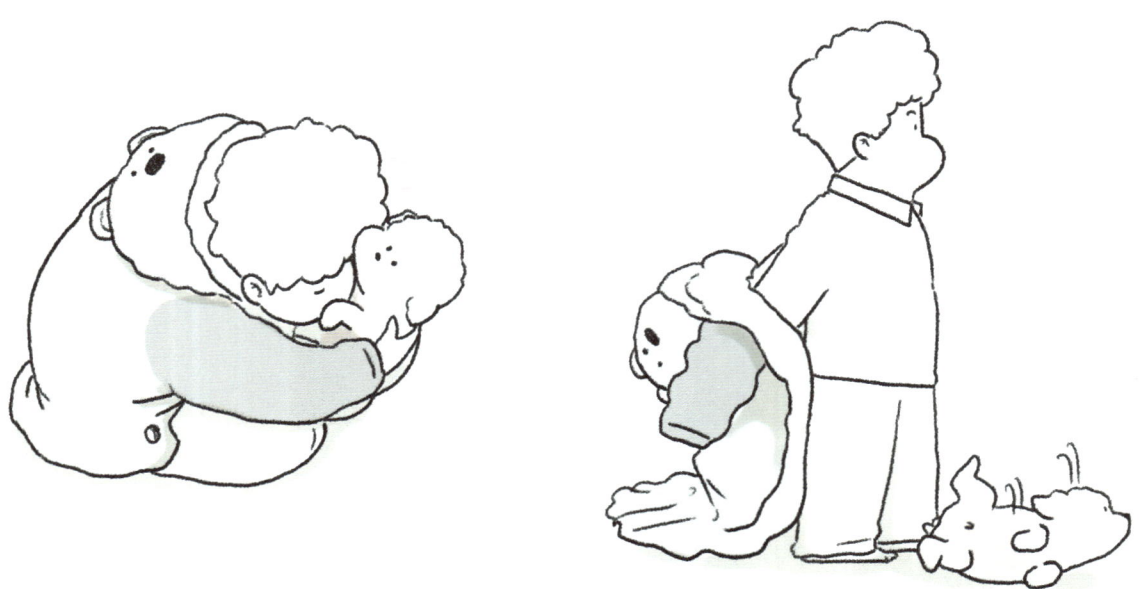

함께 꼭 붙어 있다가

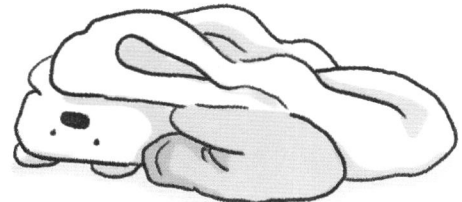

헤어지게 되어도

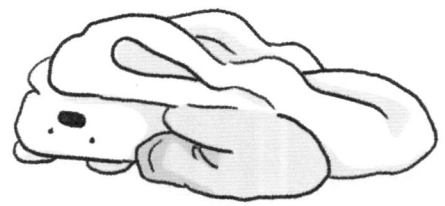

이제는 불안하지 않아요.

함께한 시간이 저를 불안하지 않게 해요.

사랑과
꼬리 흔들기는
감출 수 없어

3장. 세상에서 가장 안전한 울타리

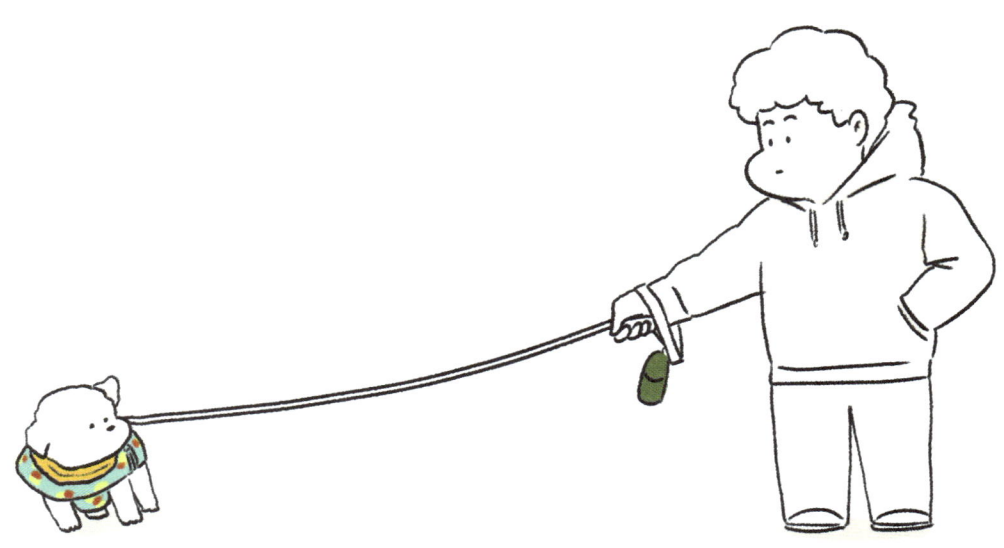

처음 산책을 나갔을 때
집으로 얼른 돌아가고 싶었어요.

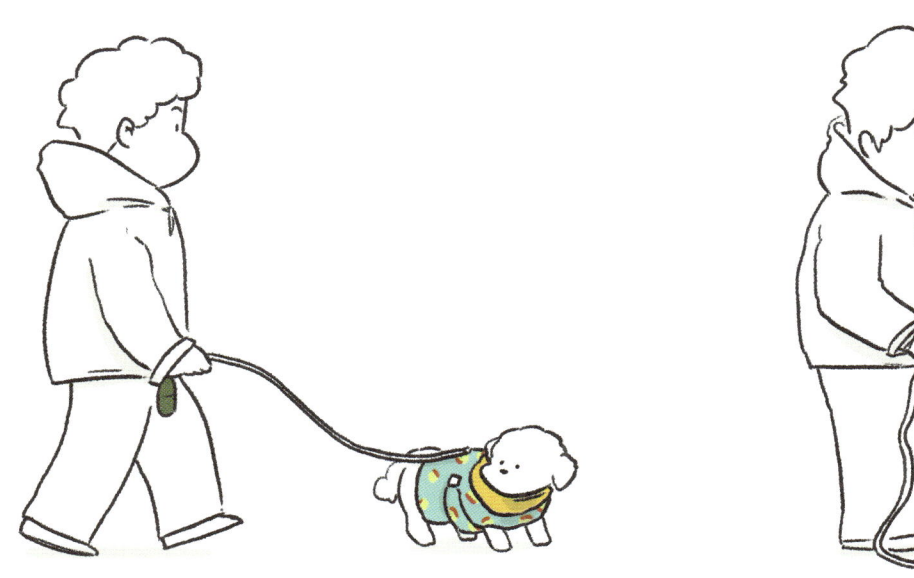

아빠는 산책을 하지 않으려는 저를 보며
좋지 않은 경험이 있는 것은 아닐까 걱정이 많았대요.

이 녀석,
돌아갈 때만
걸음이 빨라.

처음엔 수시로 아빠의 모습을 확인해야 했어요.

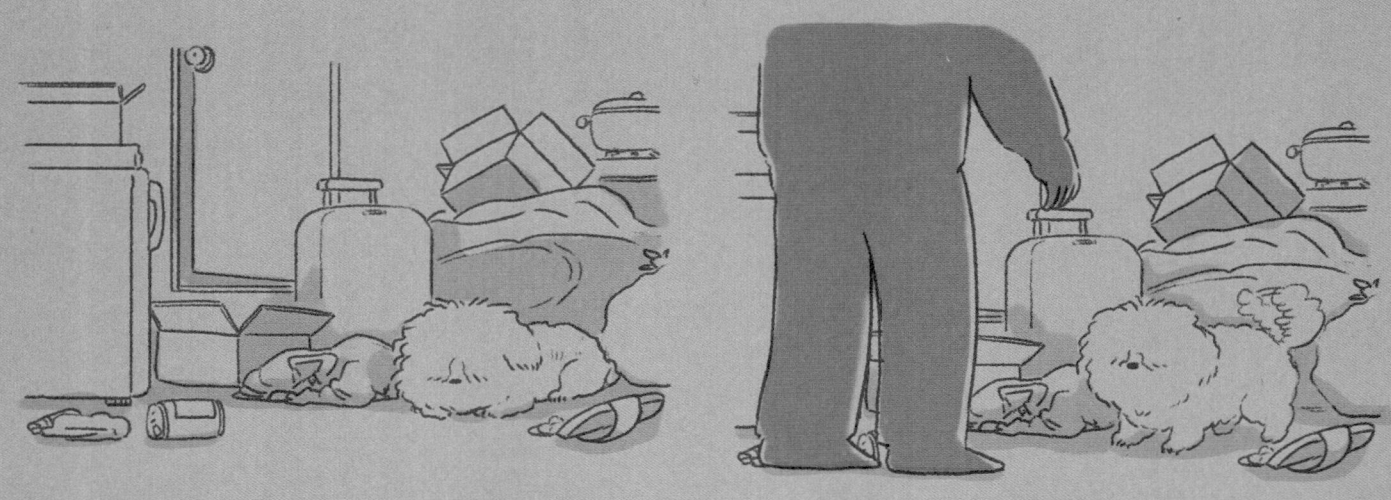

엄마 아빠를 만나기 전에 봤던 세상은
너무 두렵고 무서운 곳이었거든요.

하지만 이제는 엄마 아빠가 언제나 함께 있다는 것을 알아요.

엄마 아빠는 세상에서 가장 안전한 울타리예요.

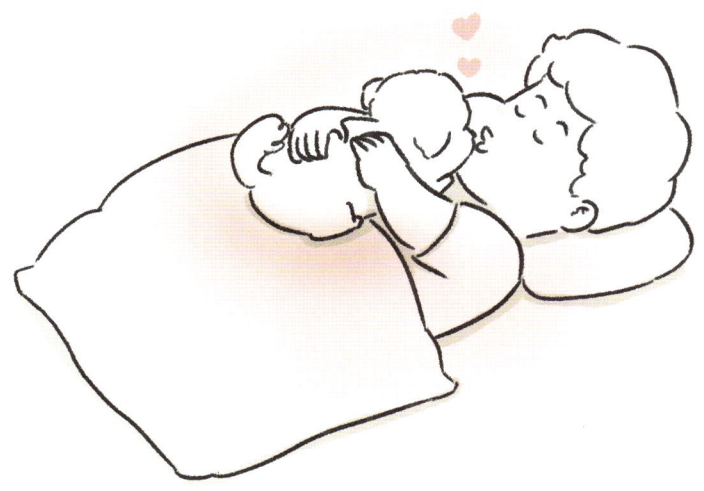

매일 아침   아빠가 눈을 뜨면

또리,
아침 먹었어?

산책 갈까?

또리, 나가자~
어디 숨었어~

아무리 피곤해도

저를 위해 산책을 나가줘요.

설레는 마음 반
아직은 두려운 마음 반

조금 걷다가도 멈춰 서게 돼요.

또리,
왼쪽으로~

살짝 들어서 사람 눈엔 보이지 않는
방해물을 통과시켜 주기

아빠가 조금 더 걸어보라고
용기를 북돋워주면

용기를 내어
조금씩 나아가 봅니다.

용기를 내. 엄마 아빠가 있잖아.

함께 걸으면
점점 더 멋진 내가 되는 것 같아요.

좋은 기억이 있는 곳은 보이기만 해도 신나요.

가끔 예상 못 한 일들도 생기지만요.

내가 조금만 더
컸어도...

다른 친구들은 싫어요. 아빠랑 놀 때가 재밌답니다.

아빠 사무실에서

아빠와 함께 있다가

아빠가 사라지면

살아있는 얼음

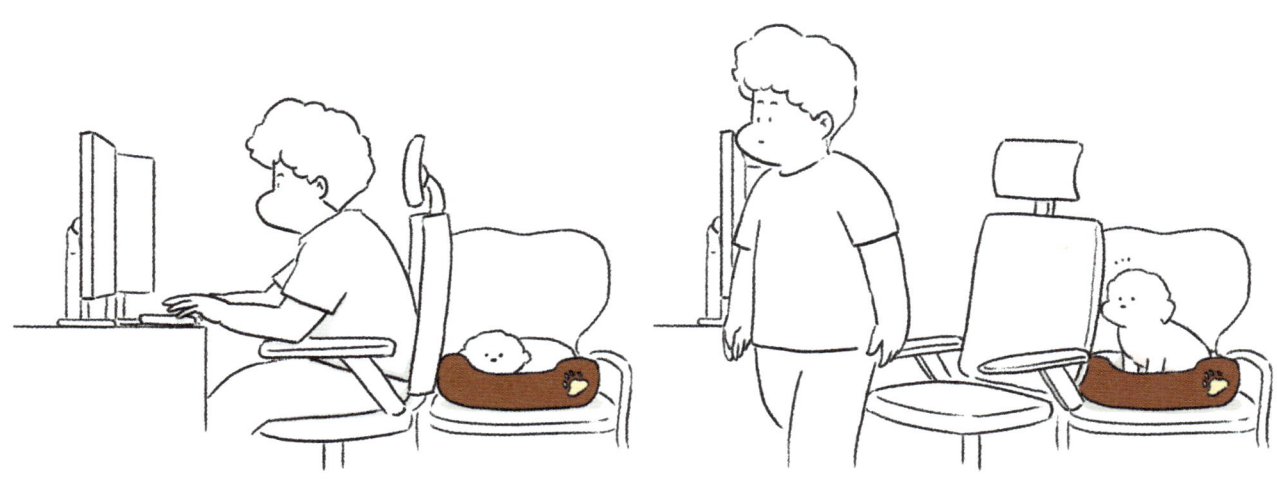

기다려도 오지 않으면

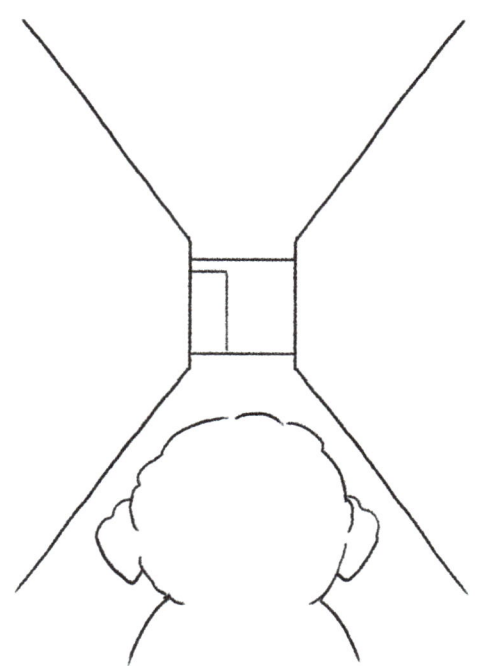

때로는 용기를 내야 해요.

아빠만 보고

살금살금

앗, 낯선 사람의 인사는 아직 어려워요.

조금만 더 기다릴래요.
아빠는 꼭 돌아오니까요.

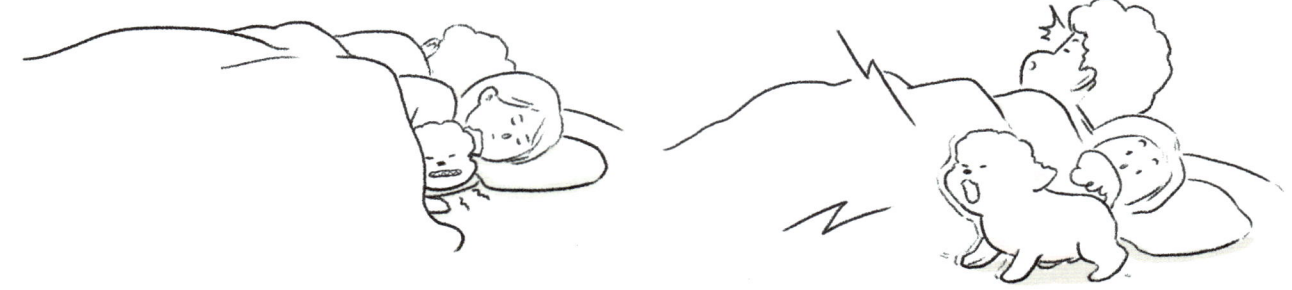

엇, 이게 무슨 소리지?

엄마 아빠는 내가 지킨다!

이게 더 무섭나?

4장. 작은 네가 우리의 세계를 키웠어

또리가 없이 걸었다면 모르고 지나쳤을,

무표정 속에 감처져 있던 웃는 얼굴들

퇴근길에 문을 열면

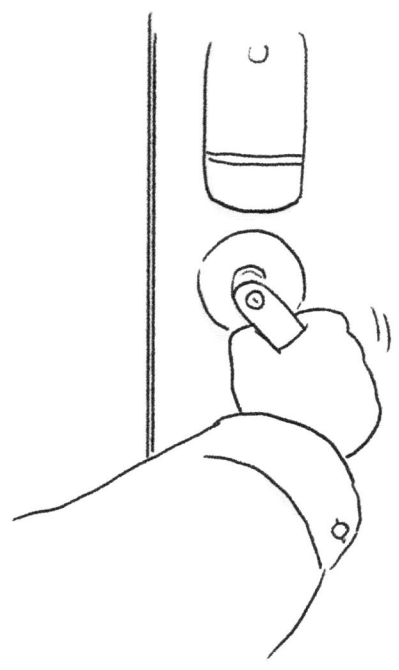

힘든 마음도 따뜻하게 녹여주는

너의 환영 세리모니

현관문이 그대로 잠자리가 되기도 했지.

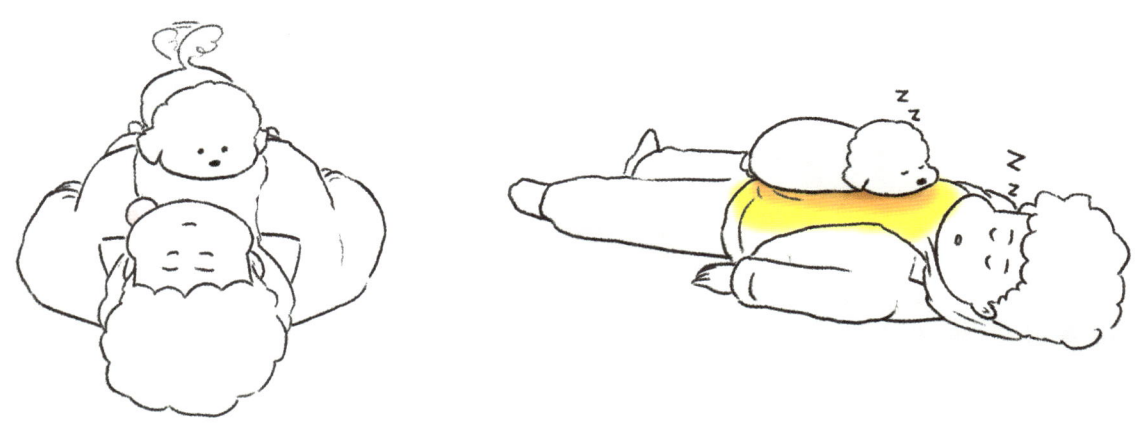

매일 아침 함께하는 리듬체조

너를 만나지 않았더라면

삶이 이렇게 다채로울 수 있었을까?

지금 너 이 악문 거니?

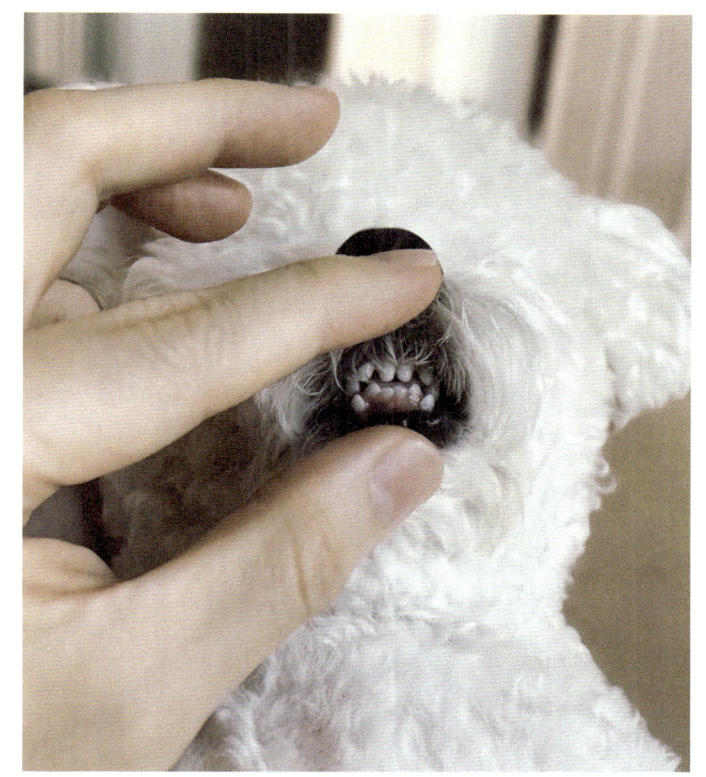

너와 놀아주는 게 하루의 중요한 일과가 되고

일단 쥐야 다시 던져 주지!

너와 함께하며 기억하고 싶은 순간들이 늘어났어.

잠깐만 기다려주면 안 되겠니?

세상의 많은 사람 중에

오직 나에게만 네 품이 허락된다는 게

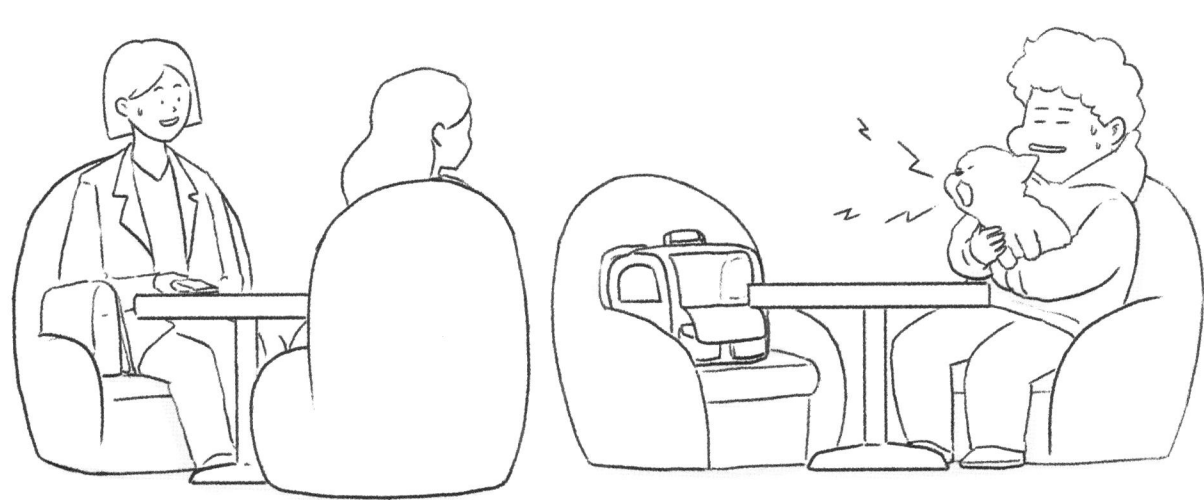

우리를 더 소중한 존재로 느끼게 해.

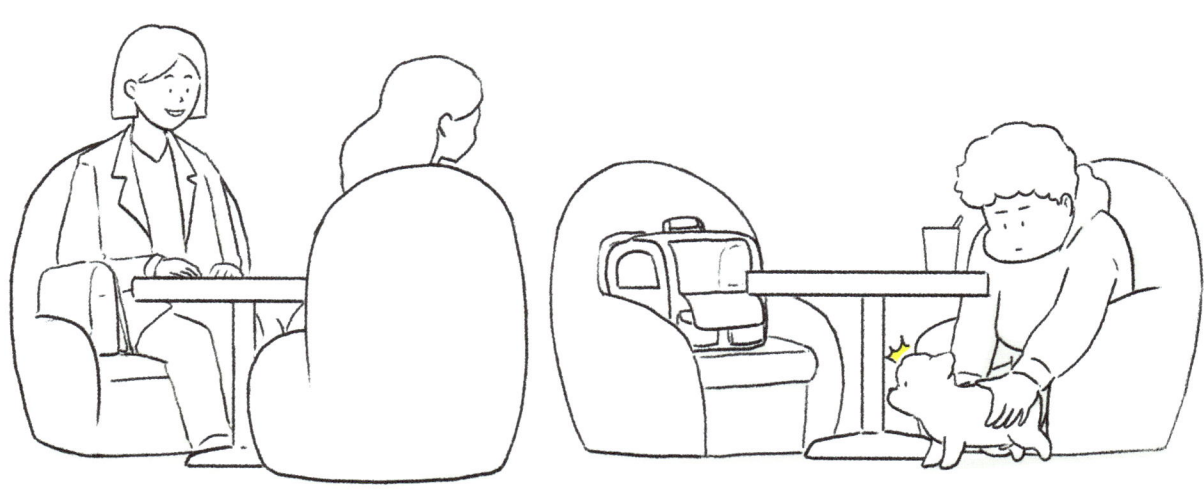

또리, 너라는 기적

디스크를 부르는 기적

널 그냥 두기가 너무 힘들어.

어디엘 가도

결국 너에게 돌아가고 싶어.

너는 좋겠다,
둘 중 하나를 고를 수 있어서.

하지만 선택받은 자 역시

왕관의 무게를 견뎌야 하지.

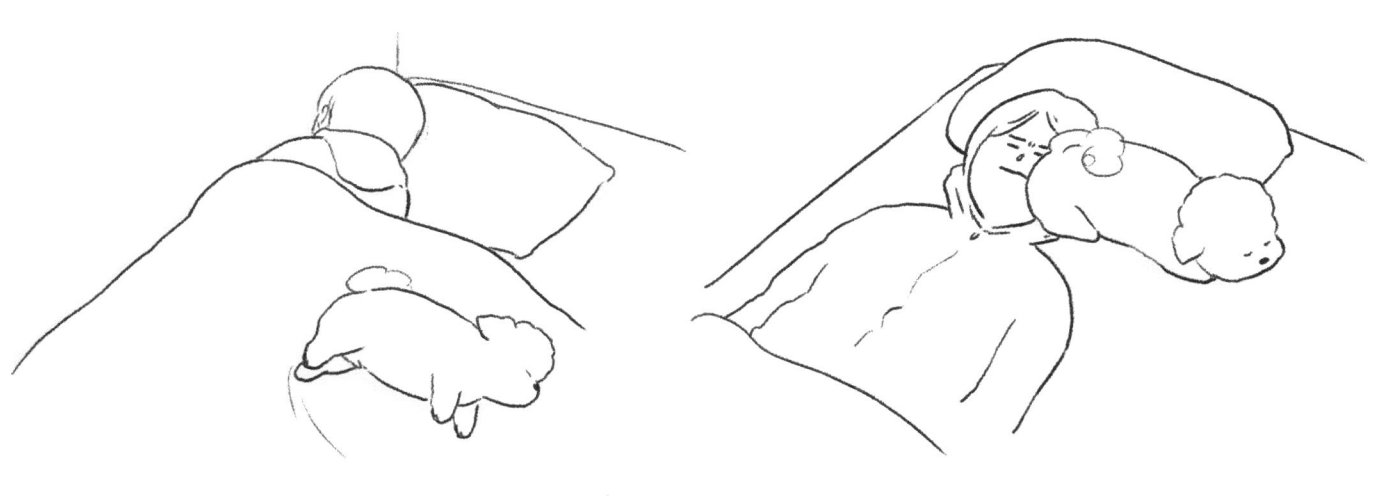

너만 혼자 굿모닝

너를 안고 있으면

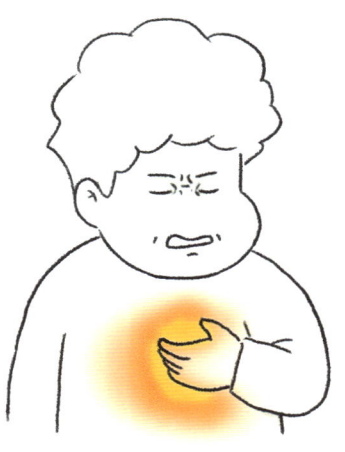

근심걱정이 사라져.

전기장판 켠 이불 속에서 자고 있는
뜨끈한 또리 냄새를 맡으면
마음이 편해진다.

이랬던 우리에게 또리가 온 뒤로는

After

계절의 온갖 색과 공기의 맛이 느껴지기 시작했다.
삶이 더 생생해진 기분

보고 싶고, 안고 싶고, 냄새 맡고 싶은

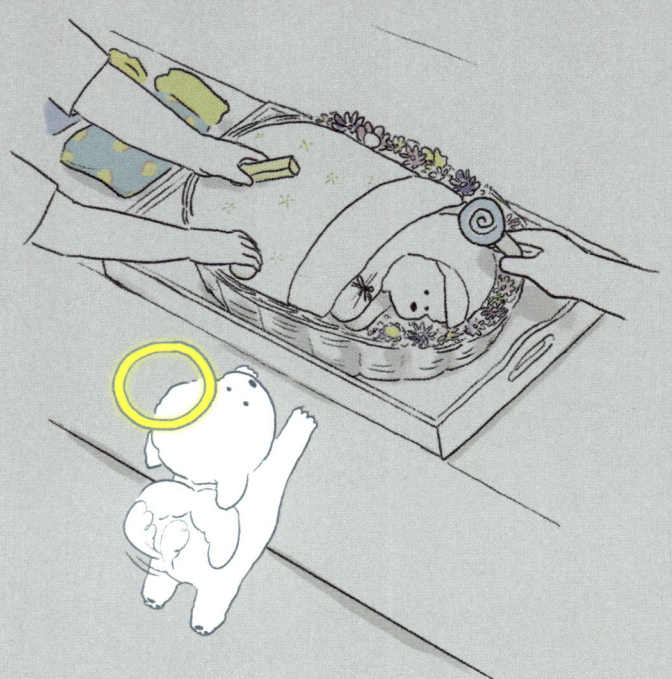

234

또리는 우리에게 선물처럼 왔다가
꿈처럼 강아지별로 떠났다.

“보고 싶고,

　안고 싶고,

　냄새 맡고 싶은 또리야.”

이 문장은 반려동물을 소개하는 한 온라인 채널 인터뷰에서 “먼 훗날 또리 이야기로 책을 낸다면, 첫 구절을 어떻게 쓰고 싶나요?”라는 질문에 내가 답했던 말이다. 그땐 또리가 바로 옆에 앉아 있었는데도, ‘먼 훗날’이라는 말이 마치 또리가 이 세상에 없는 시점을 뜻하는 것처럼 느껴졌다. 그래서 또리가 눈앞에 없다는 상상을 하며 또리에 대한 그리움을 담아 이 문장을 적었다. 그런데 그 상상이 결국 현실이 되고 말았다. 조건 없이 나만 바라보고, 언제나 나를 반겨주며, 짧둥한 온몸으로 사랑을 표현하던 나의 친구. 그 작은 털뭉치가 내 곁을 떠났다.

또리가 떠난 뒤에도 세상은 여전히 돌아가지만, 내 하루는 어딘가 하나 비어 있다. 눈을 떠도, 밥을 먹어도, 일을 하다가 문득 고개를 돌릴 때마다 '아, 이제 없구나'라는 생각이 스친다. 햇살이 좋은 날이면 '이런 날 또리와 함께였다면 좋았을 텐데…' 하고 떠올리고, 날이 추워지면 난로 앞에 자리 잡고 있던 모습이 그려진다. 함께 걷던 거리, 따뜻했던 귓구멍, 털의 감촉, 힘들 때마다 위로가 되어 주던 꼬순내… 내가 머무는 모든 공간과 온몸 감각에 또리의 기억이 남아 있다.

처음 또리를 발견했을 땐 털이 엉켜 있고 발톱도 길게 자라 있어 꽤 오랜 시간 방치되었던 것으로 보였다. 보호소에서도 공고 기간이 지나도록 아무도 찾지 않아 안락사 대상이 되었던 '공고번호 626번'. 밤이면 모두가 퇴근한 병원 안, 좁은 한 칸에서 지내던 시간이 얼마나 외로웠을지 생각하면 마음이 아팠다. 그래서 더 행복하게 해 주고 싶었다. 이제 불안한 시간은 끝났고, 여기서는 편하게 쉬고, 맛있는 걸 먹고, 따뜻하게 잠들며 오래 평화로운 날들이 이어질 거라고 느끼게 해 주고 싶었다. 하지만 그 바람은 오래 이어지지 못했고, 우리의 시간은 고작 2년에서 멈췄다.

그 2년 동안 우리는 또리에게 선물만 받았다. 부부가 각자 감당하기 힘든 시기를 보내고 있어 서로에게 기대지 못하던 때, 우리를 붙잡아준 게 또리였다. 우리가 또리를 살린다고 데려왔지만, 사실은 또리가 우리를 살리고 있었다. 어두운 마음으로 가라앉지 않게 매일 할 일을 만들어줬다. 우리만 바라보던 그 눈빛이 하루를 버티게 했고, 따뜻한 체온은 다음 날로 걸어갈 힘이 되었다. 또리와 함께한 시간 동안 힘없이 작은 존재들을 바라보는 시야가 넓어졌고, 세상을 조금 더 다정하게 볼 수 있는 태도로 성장했다. 강아지를 키운다는 건 결국 사랑을 배우는 일이었다. 또리는 단순한 반려동물이 아니라 나의 하루였고, 사랑이었고, 가족이었고, 내가 그리는 미래에 자연스럽게 자리하는 존재였다.

다시는 볼 수 없다는 생각은 너무 힘들다. '무지개 너머에는 더 따뜻한 세상이 있고, 언젠가 그곳에서 다시 만날 수 있을 것이다.' 그렇게 믿어야 견딜 수 있다. 짧은 시간이었지만 내 생활은 온전히 또리를 중심으로 흘렀기에 지금은 방향을 잃고 시간이 멈춘 것처럼 느껴진다. 그래서 더욱 또리를 세상에 남기고 싶었다. 많은 사람들의 기억 속에서라도 계속 살아 있기를 바랐다. 그 마음이 이 책을 끝까지 쓰게 만들었다.

엄마 아빠와 항상 함께 있고 싶다는 '또리의 꿈'은 어쩌면 나의 바람인지도 모르겠다. 실제로 또리는 삶은 달걀과 고구마를 끝없이 먹는 것이 더 행복한 꿈이라고 여겼을지도 모르지만… 이 책을 통해 또리가 조금이라도 더 오래 세상에 남아주길 바란다. 그리고 이 책을 읽는 누군가의 하루에도 또리의 다정함이 스칠 수 있기를 바라본다.

보고 싶고, 안고 싶고, 냄새 맡고 싶은 또리를 기억하며….

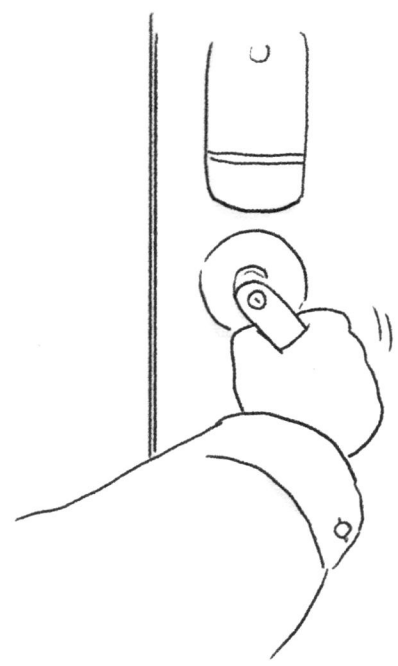

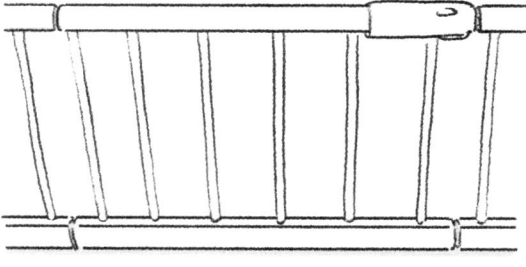

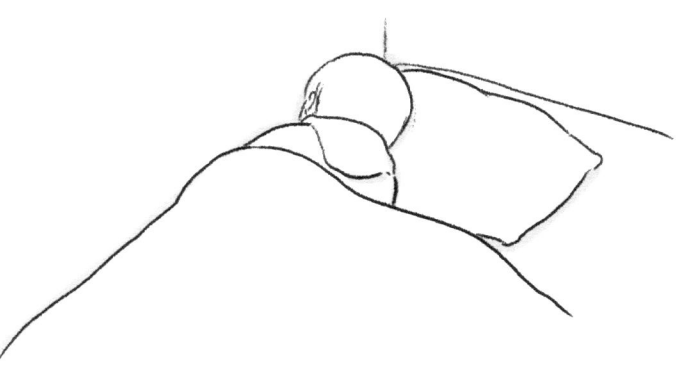

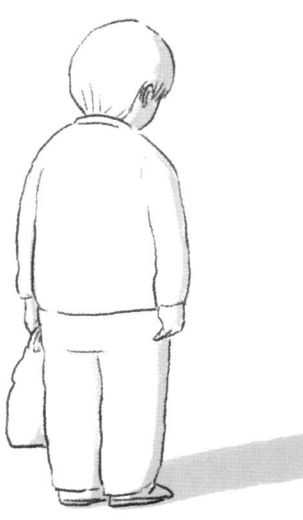

259

또리의 꿈
© 원동민

초판 1쇄 인쇄 2025년 12월 12일
초판 1쇄 발행 2026년 1월 5일

지은이 원동민
펴낸이 박지혜

기획 편집 박지혜   디자인 강경신
제작 제이오

펴낸곳 (주)멀리깊이
출판등록 2020년 6월 1일 제406-2020-000057호
주소 경기도 파주시 회동길 37-20 202호
전자우편 murly@murlybooks.co.kr
전화 070-4234-3241   팩스 031-935-0601
인스타그램 @murly_books

ISBN 979-11-91439-72-4 00810